역병

역병

© 박주초, 2022

1판 1쇄 인쇄__2022년 10월 20일
1판 1쇄 발행__2022년 10월 30일

지은이__박주초
펴낸이__홍정표
펴낸곳__작가와비평
　　　등록__제2018-000059호
　　　공급처__(주)글로벌콘텐츠출판그룹
　　　대표__홍정표　이사__김미미
　　　편집__인세원 강민옥 백승민 권군오 분방희　기획·마케팅__이종훈 홍민지
　　　주소__서울특별시 강동구 풍성로 87-6
　　　전화__02-488-3280　팩스__02-488-3281
　　　홈페이지__http://www.gcbook.co.kr

값 12,500원
ISBN 979-11-5592-305-4 03810

작 가 와 비 평
시   선

역병

박주초 시집

작가와비평

들어가며

2020년 1월, 25년간 지은 시들이 엮여 첫 번째 시집 『형성 1980』으로 세상에 나왔습니다. 종이로 인쇄된 것들을 손에 쥐고 곱씹어 읽으니 설익거나 그을린, 조금 비뚤어진 내가 보였습니다.

앞으로 삶을 보다 따뜻하게 이야기하리라 다짐하였는데 며칠 후 코로나19라는 역병이 이 땅에 퍼지기 시작했습니다. 그리고 또 며칠 후 아버지께서 말기 암 판정을 받으셨습니다. 사람 만나는 것을 그렇게 좋아하셨던 아버지는 거리두기로 면회를 할 수 없는 병실에서 의사의 말처럼 딱 6개월 만에 하늘로 돌아가셨습니다.

지난 3년간 역병은 우리 몸에만 돌지 않았습니다. 우울이라는 이름으로 우리의 마음을 타고 번졌습니다. 여기에 담긴 시들은 함께 감염된 나의 지난 기록입니다. 1장 '2020', 2장 '2021', 3장 '2022'은 해마다 쓴 시를 엮었습니다. 4장 단상(斷想)은 짧지만 더 말할 필요가 없는 것들을 따로 모았습니다. 5장 각(覺)은 그동안 공부하면서 깨달은 것들을 시로 지은 것입니다.

시를 지으며 나는 견디었고 회복되었습니다. 부디 독자들이 이 시집을 통해 그동안의 우울을 조금이라도 털어낼 수 있으면 좋겠습니다.

이제 또다시 사랑하는 이들에게 감사를 전하고 마무리하겠습니다. 사랑하는 가족, 아내 박지은, 아버지 故 박정복, 어머니 김경자, 큰형 박주석, 작은형 박주암, 형수들, 조카들(하임, 하울, 라온), 광주의 아버님, 어머님과 처가댁 식구들에게 감사를 전합니다.

그리고 나를 늘 새로운 깨달음으로 인도해주시는 모든 스승님, 12년을 함께한 주식회사 얼터의 가족들,

자주 보지 못해 아쉬운 길동, 거마골 친구들, Drawing Jesus 형제들, 고려대학교 대학원 문화콘텐츠학과 원우들, 따뜻하고 든든한 이민구 큰형님과 H12 멤버들, 시를 더해준 선각결사, 선도국가를 함께 도모하며 많은 시의 영감이 되어준 최진석 교수님과 혜명원 5기에 감사를 전합니다.

특별히 부족한 시인에게 기꺼이 시간을 내어 추천사를 써주신 정재찬 교수님께 깊은 감사를 전합니다.

마지막으로 펜데믹 이후 가나안 성도로 살고 있지만 내가 누구인지를 알게 하시는 하나님 감사합니다.

추천사

정재찬(한양대 교수, 『시를 잊은 그대에게』 저자)

　박주초 시인과의 첫 만남은 의외의 모임에서 이루어
졌다. 한동안 나는 그를 젊은 사업가로만 알았다. 그러
던 그가 조심스레 자신의 첫 시집을 내밀며 시인임을
고백해 왔다. 알면 알수록 그는 다재다능한 사람이었
다. 그러면 대개 덕이 엷기가 십상인데 그는 겸손하고
순수하기만 한, 흔한 말로 사람 좋은 그런 사람이었다.
살짝 의심이 들었다. 재주 많은 그에게 시는 그저 여기
(餘技)에 해당하는 것은 아닐까. 무엇이 모자라 저런 이
가 시를 쓴단 말인가.

그의 새 시집 『역병』을 받아들고 나는 아찔했다. 역병이 도지고 창궐하여 호흡도 곤란하고 생계도 힘들어지며 무엇보다 사람다운 삶을 살지 못하게 됐던 그 시기, 그는 시를 쓰지 못했다는 시까지 쓰고 있었던 것이다. 마스크 속에서 각자 따로 숨을 쉬던 그 시기, 그리하여 내 입 안에서 들숨과 날숨이 섞여버리던 그 시기, 채우고 싶었던 것은 오직 마음의 허기였기에 묵과 떡과 핫바와 꽃 중에서 꽃을 골랐노라고 그는 썼다. 영락없다. 그는 순정한 시인이다. 알베르 카뮈의 소설 『페스트』에서 의사 리외는 페스트와 싸우는 유일한 방법은 성실성분이라 했거니와, 코로나라는 역병의 와중에서도 시인 박주초는 맡은 바 직분을 다하면서도 성실하게 시를 써왔던 게다.

그의 시의 특장은, 굳이 시학의 용어를 빌려오자면, 위트에 바탕을 둔 아이러니와 패러독스에 있다. 이번 시집에서도 특유의 위티함은 여전한데 느낌이 다르다. 유쾌함을 불러일으켰던 데에서 많이 벗어나 어딘가 비릿한 눈물의 소금기가 느껴진다. 역병은 정상과 비정상을 뒤집어 놨다. 사회적 동물더러 사회적 거리를 유

지하라 했다. 비대면을 온라인이라 부르고 대면을 오프라인이라 불렀다. 그의 말대로 코로나 이후 인류는 네거티브를 섬긴다. 음성을 소망하고 양성을 두려워했다. 그러면서 포스트 코로나 시대는 뉴노멀이 지배할 거란다. 그것이 어디 노멀이란 말인가.

분노조차 허망한 이 우울의 시대, 그러기에 그는 위트라는 소금에 슬픔을 더한다. 웃고 있어도 눈물이 난다는 말은 이럴 때 써야 한다. 다만 그는 허무주의자가 아니다. 그는 중용을 지키고 더 선한 삶과 세상을 위해 기도하는 자이다. 나는 그가 소망하는 대로 그의 삶이 나아가게 되리라 믿는다. 하늘의 아버지가 지켜주실 테니까.

차례

────────────────◇ **4장 단상[斷想]**

역
병

어느 날
모든 것은 과거가 되었다

익숙해진 통금
익숙해진 간격

시간은 익숙함을 낳고
시절을 아는 자와 모르는 자
모두가 변이된 우울을 산다

1장 2020

홍대입구역 8번 출구

노을은 지하철에서 떠나보내고
짙게 밤이 내린 홍대입구역 8번 출구를 나선다

버스를 갈아타기 전
시간은 남고
허기도 지고
한 평 남짓 불빛 아래
그네들이 부럽기도 하여
다가가 물었다

"그대는 무어요?"
"나는 묵이요"

"그대는 무어요?"
"나는 떡이요"

"그대는 무어요?"
"나는 핫바요"

"그대는 무어요?"
"나는 꽃이요"

"그대가 꽃이요?"
"내가 꽃이요"

묵과 떡과 핫바와 꽃 중에
나는 꽃을 선택했다

분홍빛 튤립에 흰 장미를 섞어
아직은 익숙하지 않은 한 다발
성큼 안아들고 버스에 오른다

너만이
내 마음의 허기를 채울 수 있기에

2020 봄

방한마스크를 쓰고
젖은 숨을 쉬며
출입이 금지된 봄으로 간다

철창 너머 떨어지는
벚꽃잎을 보며
인류는 서툰 울음을 운다

기억에 남지 않을 만큼
평범했던 날들은
돌아가고 싶은 꿈이 된다

아픈 사람
아플 사람
아팠던 사람
사람은 사라지고 수만 남는다

그리고 우리는
줄어드는 수를 보며
희망의 싹을 움티운다

2020 봄
다시 돌아온 슬픔의 날
나는 예전의 그 말을 되뇌인다

"여기 사람이 있습니다!"

하루가 간다

며칠은 아프고
며칠은 바쁘고
또 며칠은 망설이다
시기를 보낸다

거울에 비친
빨갛게 충혈된 눈은
유치한 고뇌의 흔적

인식의 그루터기에 앉아
시절을 서성이면
또 하루가 간다

그늘에 숨어 소리쳐도
얼굴에 맺히는 그을음

쉬운 말을 어렵게 내뱉으며
다시 버릇처럼 삶을 적는다

그리고
아직 마치지 못한 하루는
나보다 먼저 내일로 간다

마스크

가장 이기적인 것이
가장 이타적인 것이다
내가 누구인지도 모르면서
내가 나로 살 수는 없다

적어둔 글이 내 것인지
내 것이 아닌지

익숙한 건망증에
또 사레가 들린다
소리 없는 재채기에
온몸이 들썩거린다

내어놓은 눈으로 분명
모든 것을 볼 수 있는데
생각은 아른거리며 흩어진다

나는
누구를 위해 나를 가리는가?
누구를 위해 이 삶을 사는가?
누구를 위해 내 숨을 참는가?

가장 이기적인 것이
가장 이타적인 것이다
내가 누구인지도 모르면서
내가 나로 살 수는 없다

내 숨은 내 분신이다
태고의 숨이 흙으로 들어와
내가 되었던 것처럼
내 숨은 내 분신이다

하지만 뱉어진 숨은
세상으로 나가지 못하고
다시 내게로 온다
내가 내게로 와 나를 간지럽힌다

가려진 내 삶에
사레가 자주 들린다

아마도
막힌 숨이 나가며
눈물샘을 건드리는 건
그렇게라도 울라는
신의 위로일 것이다

틈 : 사라진 사람들

주림, 부림, 버림

기록되지 못한
기억되지 못한

망각이라는 축복에
도취된 춤사위

서툰 위로와
허튼 발걸음

냉난방기란 복지에 갇힌
바보와 멍청이

사각에 담아 회피하는
거리의 시인들

주여 한 번 외치고 손에 든
도시락과 소주

천 원짜리 측은지심을 돕는
유통기한 지난 PB상품

그리고 머지않아
숨은 날개를 펴고
하늘로 돌아갈
베아트리체의 연인들

무한의 하늘
틈으로 사라져간 사람들

어딘가에

어딘가에 있습니다

길, 미래, 희망이란 이름으로
어딘가에 있습니다

푸른 꿈을 꾸지 못한 건
뿌연 먼지 때문이었는데
파란 하늘 눈에 보여도
슬픈 건 무슨 연유일까요?

배어나오는 마른 눈물을
익숙함으로 채울 때 고백합니다
압니다
돌아갈 수 없음을 잘 압니다

그래도
길, 미래, 희망이란 이름으로
어딘가에 있습니다

그것이
기록된 추억일지
저장된 추억일지
혹은 각인된 추억일지
되새기다보니 오늘은
미련의 잔칫날입니다

그리고 나는 행복한 착시에
몸과 마음을 맡깁니다

아직은 적당히 싸늘한 바람에
삶의 노곤함을 씻으며
길과 미래와 희망이란 이름의
당신에게로 갑니다

어딘가에 있을 당신에게로
설익은 내가 갑니다

나는 시를 쓰지 못했다

지구별의 살풀이에
장단 맞춰 흐느적거리다
시절은 가고

겨울이 먼저 오는 강원도를 들러
'만끽이 아니라 일하러 왔소'
핑계를 대고

노을에 기대 돌아온 도회지에서
졸린 눈을 비비고

여행길에 구입한
예쁜 쓰레기처럼
적당히 보암직한
문자들을 적으며
몇 자 더한 지식에
자랑질 늘어놓고

그렇게
적당한 핑계들과 함께
나는 시를 쓰지 못했다

경계에서

길 잃은 나비, 생각의 파편들이 날아와
내 머리에 박힌다

분주함이 선물한 망각
쉼 없이 달리는 것은 자랑이 아니다

내 몸도 알아차리지 못하면서
쉼 없이 달리는 것은 자랑이 아니다

낙오한 이에 손을 잡아주지 못하면서
쉼 없이 달리는 것은 자랑이 아니다

교만의 왕관이 머리에 씌워지기 전에
내 이름 끝자 따라 Cho 心으로 돌아가자
그가 지어준 이름 따라 Cho 心으로 돌아가자

2장 2021

독(毒)서

버스 차창 너머
다른 밝기의 불빛들이 뒤섞인다

얇디얇은 나무의 사체
그리고 그 위에 새겨진
단색 잉크의 곰팡내를 맡으며
신이 주신 오감 중
두어 개만 취하고
육감의 나머지 하나로
그것들을 떠넘긴다

어떤 것은 그대로
어떤 것은 잔여물만
이해와 수긍과 동의
혹은 한계는
노안의 대가를 받는다

금속활자로 적힌
'디지털'이란 세 글자
연애 한 번 못해보고
'사람다움'을 논하는 철학자

앞선 인류가 남긴
모순에 중독되어
갈피를 잡지 못하고
넘기는 책갈피

생이 끝날 때까지
다 읽지 못할 것에 대한 두려움
스승보다 나은 제자가 되고 싶은 꿈

현실과 이상의 중첩 속에
방울이 되지 못한 비는
또다시 내 머리 위로 내린다

사월의 마지막 밤

우습게 조금 묻다
그쳐버린 봄비

그리 급히 가려면
설레게는 말지

우산이 없는 아이
괜히 두근거려

누구나 있는 힘듦
씻겨질까 했지

채 안지도 흔들지도 못한
벚나무 꽃잎은
지난 때보다 이르게 시들어도

나는 수학이 약한 아이
일년을 삼으로 나눌 수 있어
위로를 삼는 사월의 마지막 밤

바람이 차다

5월의 끝자락
바람이 차다

지난밤
숙면하지 못한 피부는
예민하게 돋아난다

두 개의 의식
하나는 한계에 두고
하나는 경계에 두고

외로움
결핍의 몸짓은
달빛보다 푸른 울음으로
바람을 따라 메아리친다

5월의 끝자락
바람이 차다

인간은
지구에 변덕을 새긴다
자업자득 인과응보

모순의 미학
현실을 잊게 만드는
넷플릭스의 다큐들

보고픔
이룰 수 없기에
더 진하고 짙은 울음으로
바람을 따라 메아리친다

왜목

소나무 숲 우거진 언덕 위로
해가 지고 해가 뜬다

까까머리 잔디는
햇빛의 축복 속에
며칠이면 더벅거리고

오고가는 사람들
얻어간 추억만큼
익숙한 피곤함만 남아

사람 수보다 많은 모기떼와
그보다 더 많은 모래알처럼
오래 살아남지도
마음껏 뭉쳐지지도 않는 꿈들은
솔향 가득한 바람과 함께
흩어져 나간다

그리고 또다시
소나무 숲 우거진 언덕 위로
해가 지고 해가 뜬다

꼴값

치르지 못한 것인지
미치지 못한 것인지

지나치게 붉어져도
지나치게 푸르러도

걱정을 가장한 참견
부족한 한마디 위로

평가의 대상의 되어
남기는 무한한 변주

아 그것은 비브라토
표현 불가능한 행위

팔자에도 거침없이
떨며 하는 고해성사

통금

지금은 9시
때로는 10시

이 많은 사람은
어디서 왔을까?

통행은 가능한데
통함은 불가능한

시절을 쫓아도
과실을 못맺는

우리 사는 날들은
매일이 마지막 날

지금은 9시
때로는 10시

아직 충분히 사용하지 않은 천재가
시를 쓴다

아직 충분히 사용하지 않은 천재가 시를 쓴다

그에게 시는
아쉬움이다
미련이다
핑계다

초점 맞지 않는 렌즈로
두려움만 남긴 황톳빛 목성처럼
관측도 못하면서
발견만 한 양자의 움직임처럼

그는
그를
다 알지도 못하면서
시를 쓴다

현재의 안주에
안주하는 그 시간
액체인 치즈가
고체가 되는 순간

얇디얇은 날개를 달고
시인은 잠시 난다
이미 알아버린 세상과
자신의 무기력함 위로

휘익
툭
휘익
툭
다시 휘익

디지털

인식과 부정
가공된 실재
터무니없는 푸념

닭보다 살찐 비둘기처럼
납득 가능한 억지스러움

통계란 편견에
의지하는 마리오네트와
도무지 잠잠해지지 않는
제3의 물결

처음 사람의 말과 복제된 추억
더는 들리지 않는 낡은 피아노 소리
한 줌의 0과 1로 담기는 시

계산된 블루노트에
메트로놈이 된 예술가

그렇게 우리는
이(異, 2)를 외치다 사라져간
혁명가의 무덤 위를 걷는다

마치 아무 일도 없었던 것처럼

그 밤 푸른 잎

푸른 잎
밤하늘에 짙은 녹음이 묻었습니다
태양이 없어 볼 수 없던 빛은
에디슨의 은총으로 반짝입니다

물론 그 덕에
별은 흐립니다
꿈도 흐립니다

하지만
늦은 걸음 위로하며
낮의 푸른 잎을 봅니다
구름이 달을 가린 밤이라도
그 기억 담은 잎을 내가 봅니다
그리고 빛나는 당신이 내 앞에 있습니다

별은 하늘에만 있다는 착각
지금 여기도 별이라는 깨달음

오늘
물이 넘치고
술이 넘치고
웃음이 넘칩니다

그래서
이리 마셔도
이리 웃어도
남은 것이 있기에
몇 자 적고
잠을 청해봅니다

성공

헛소리와 허튼소리
영원히 찰 수 없는 독에 담는 물

기준이 변하니
바람도 변하여
시시각각 달라지는
목적이 이끄는 삶

에어컨 제습이 부르는 자리끼처럼
채워도 마른 목으로 부르는 노래

성공 성공
이룰 성에 빌 공

밤샘

이따금 떠오르는 해가
두려울 때가 있다

인류는 시간을 인지한 후
약속이란 것을 하더니
그것의 노예가 되었다

두 번의
낮과 밤을 지새우며
숨 쉴 틈 없다는 말을
습관처럼 내뱉고도
나는 여전히 살아
숨 쉬고 있다

전태일 열사의 기일에
직원들을 생각하며
어쭙잖게 눈물 흘리는
노조위원장 같은 대표

존경하는 누군가의 말처럼
대표란 그저 책임지는 사람

명절에도 문을 여는
기사식당에서
잔칫날도 아닌데
말아 먹는 국수 한 그릇에
허기를 달래고

곁들여 나온 적당히 쉰 김치처럼
배어나는 절은 땀 내음을 맡으며
창문 틈으로 떠오르는 해를 본다

부디 지독한 분주함이
당연하지 않기를
부디 피로의 원인을
간에게 미루지 않기를

오늘은
보고 싶은 바다에서
발만 담그고 싶다

서툰 가을

찬바람에 실려 온
때늦은 모기

모자란 촉촉함으로
대지를 적시는 비

인사동 거리에
구르고 밟히는 은행

10시가 되면 닫히는
깊고 푸른 밤

누군가에게는
마지막 계절인데

채 즐기지도 못하게
이리도 서툴게 온다

가을비

간밤에 바람이 조금 불더니
버스 창가에 가을이 맺혔다

어떤 것은 크고
어떤 것은 작고

가만히 들여다보니
꽤나 오래 경험하지 못한
여름 추억들이 담겨있다

발을 담가보지 못한 바다
보고싶은 벗들의 얼굴
기약없는 먼나라의 이야기들

우산 없이 길을 나선 건 잘한 일이다
내리는 추억 피하지 않고
온전히 맞을 수 있으니

3장 2022

시

배어나오는 울음 닦아
조금 눅눅해진 헝겊을
쥐어짜내 얻은 한 방울

만취

시를 읽는다는 것은
차마
굳이
괜히
한 말과 하지 못한 말들을
안주 삼아
시인과 잔을 기울이는 것이다

잔에는
내가 있고
벗이 있고
우리가 있고
바다가 있고
별이 있다

취(醉)함을 가득 취하기 전

봄이 흐르는 곳에 머무는

시인에게 청한다

아직 안주가 넉넉하니

새로운 날 다시 만나

또 한 잔 기울이기를

* 춘천살이 중인 선욱현 작가의 시집 『만취』를 읽고

그 곳으로

철들지 않는 그 곳으로
봄에 푸름 보러 가자

이름 모를 풀잎
다른 나와 만남

돋아난 것들을 보면서
새긴 것들을 돌아보자

푸름에 숨어있는
아직 다 말하지 못한
2,000의 이야기들

자연은 처음으로
우리는 다음으로

나로 삶과
같이 삶의 연결
균형과 조화를 향한
모두의 몸부림

철없는 그 곳으로
겨울에 푸름 보러 가자

같음과 다름 가득한 그 곳
멈추지 않는 변화로 가자

* '곳'은 숲을 뜻하는 제주 방언이다.

인공위성

빛이 적은 산속에서 맞이한 밤
문득 하늘을 보니
수많은 인공위성이 반짝인다

여기까지 오는 동안
안전하게 길을 안내해준 것이
바로 저것들이구나

고마운 마음
신기한 마음
마음이 뒤섞이니
미워진다

별보다 더 반짝이니
어린시절 보았던
하늘 지도는 가려지고

볼을 스치는 바람에는
전자파가 묻는다
지금 여기를 아는 것도
그가 나를 감시하기 때문

지릿한 손끝으로
노트북 자판을 두들기면
하늘보다 높은 곳에서는
쉬지않고 장이 열린다

높은 곳에서
보이는 모든 것들과 연결
그리고 거래

"쌉니다 싸요
무제한입니다"

내가 잠든 사이
지구는 돌고
저것도 돌고
내가 남긴 것도 돈다

빛이 적은 산속
밤도 상념도 깊어진다

그래...
반짝인다고 다 Star는 아니다

축제

멀리서 볼 때는
그 반짝거림에 놀라고

가까이 볼 때는
많은 사람들에 놀라고

일로서 할 때는
쉽게 새는 밤에 놀라고

지금은 그저
유튜브로 사그러지는
디지털 체험에 놀란다

한계 속에서
할 게 없는 사람들과
한 게 없는 사람들
그리고 할 수 없는 사람들

교련 교사의 으름장처럼
희망을 짓밟는 공문들

차별없이 차이없이
링크로 기호화된 평등한 기회

아! 어쩌면 그것은 원죄
선악과수원으로 가득한
이 땅이 짊어진 업보

메타버스

나는 나비
나비가 나

여기가 거기
거기는 여기

또 다른 나와
또 다른 우주

나와 우주의 중첩
돈을 쫓아 복제하는
지독한 유희

허나 너는
단지 무한한 가능성
그리고 나는
실존의 원주민

유통기한

8월의 어느날
6시에 배달된 우유를
11시가 넘어 냉장고에 넣었다

적혀있는 유통기한보다 빠르게
우유는 덩어리가 되어있었다
한 모금도 마시지 못하고
우유였던 것은 버려졌다

그래
꼭 5년일 필요는 없다
우린 경험이 있지 않은가

걷고 싶다

간밤의 뒤척임
짧고 잦은 후회
가빠지는 숨과
멀어지는 여유

쌓여가는 카'페인'과
손잡이만 달린 채찍
고장난 무릎과 발목
늘 깜빡이는 신호등

시간을 딛고 달려
떨어진 부스러기
그 위에 잠시 멈춰
난 그저 걷고 싶다

성장

키는 한 자의 십분지 일도 자라지 못했건만
걱정은 남은 시절의 제곱으로 쌓인다

낮이 길어졌다
밤이 길어졌다
길어진 것만 헤아려도 한 해가 지나는데
모자란 것들을 생각하면 언제나 모자란 나

의무적인 겸손으로 왜소해지는 꿈
아무리 꾸어도 갚지 않을 빚에 허덕이며
얇지만 딱딱한 껍질을 깬다

이따금 증액되는 카드한도로 숨에 쉼을 더하며
익숙한 낯설음으로 또다시 걷는 새로운 길

허락된 오늘과
오지 않은 내일 사이
딱 그만큼 나는 자랐다

4장 단상[斷想]

긍정의 배신

코로나 이후 우리는
네거티브를 반기며 산다

생각의 한계

생각대로
생각만큼
생각처럼
되는 건 하나도 없다

회의 중

쉬운 말을 어렵게 하는 사람은
쉬운 일을 어렵게 만든다

스트레스

거저 준다고
받지 말 것을

명언

단 한 줄로 소비되는 예술가

미련

불완전 연소된
생의 산화물

천재의 딜레마

천재의 가장 큰 과제는 지속이다

스토커

나는 죽을만큼 싫은데
그는 없으면 죽는단다

포장

실망을 지연시키는 행위

선례

새로운 것을 찾는다더니
전에 없던 것을 원한다더니
자꾸 달라하네

생존

결국 닥치면 살게된다

이상

우리가 바라는 이상(理想)은
처음엔 모두 이상(異狀)했다

굳이

일부러
하지 않아도 될 일을 할 때
세상은 변화한다

마음

'보이지 않는다' 하여
'없다' 할까?

너

빈말로 꽉 찬 사람

5장 각[覺]

각(覺)

실상(實相)의
절정(絶頂)은
공상(空想)이다

仁턴

우리는 아직 인턴이다
우리가 仁을 득하였다면
세상이 여전할 수 없기 때문이다

중용(中庸)

새벽 세시 찾아온 허기
집 근처 횡단보도 앞
오래된 교회 맞은 편
편의점으로 들어간다

유혹 많은 그곳에서 지체없이
컵라면과 삼각김밥 하나씩 들고
조그만 돼지의 배를 갈라 꺼낸
오백원 두 개 백원 두 개를 건넨다

"컵라면"
물은 표시선까지
모자람도 지나침도 없이
기다림은 삼분
모자람도 지나침도 없이

짜지도 싱겁지도 않고
설익지도 붇지도 않게
만든이의 바람대로 먹는다
이것이 중용이다

"삼각김밥"
선을 따라 둘로 나눈다
좌우 균형이 맞게
양 끝단을 잡아당긴다
좌우 균형이 맞게

한쪽으로 치우쳐
비닐에 김이 남지 않게
온전한 그 모습 그대로 먹는다
이것이 중용이다

그렇게 중용은
새벽 세시 허기진 나를
행복하게 한다

간격

너와 나 사이 거리는
서로 다가갈 여지다

태중엔 알고
후에는 잊었던
비워야 채울 수 있듯
멀어져야 다가갈 수 있는
그 섭리에 대한 순응

거리를 두고
시선을 맞추면
그 사이에서
작은 무한이 춤을 춘다

가깝지도 멀지도 않게
우리가 추어야 할 춤은
마지막 블루스가 아니라
시작의 탱고다

이제
너와 나 사이 거리는
사랑할 가능성이다

이념

나에게는 왼팔과 오른팔이 있습니다
다리도 두 개입니다

20년이 넘은 운전경력 덕에
좌회전, 우회전 모두 잘합니다

그런데 세상은 저에게
한 방향을 결정하라고 합니다

모든 방향이 가능하다 말하면
컬러프린터가 흔한 세상에서
저를 회색이라 말합니다

제가 배움이 부족한 탓일까요?

옳고 그름은 알겠는데
붉음과 푸름 중에 하나
선택을 못하니까요

신을 믿으니
신은 모든 것에 신입니다
딱 반절만 창조한 신은 존재할 수 없으니까요

서로 다른 낮과 밤이 당연한 것처럼
그렇게 흘렀으면 좋겠습니다

지금의 바람과 어제 내린 비
모두가 맞았을테니까요

그저 할 수 있는 한 가지
이 작은 지구별에서
부디 평화롭기를 기도합니다

현재란 없다

우리는 단 한 번도
현재를 보지 못했다

빛이 아무리 빨라도
그가 내게 오기까지
찰나를 찰나로 곱한
시간의 틈이 있었다

나를 둘러싼 모든 것들은
현재가 아니다
과거의 그것에 대한
감각 반응일 뿐이다

현재는 오직 나
자신에게서만 존재한다

목적

목적이 있는 삶은
유한하다

목적은 한계이기에
이룸으로 끝이되며

이루지 못함으로
또한 끝이된다

그러므로
목적이 없음으로만
목적은 무한하다

무한한 삶은 목적이 아닌
현존하는 나에 대한 충실함으로
나 자신의 충실함으로 가능하다

나는 나 자신의 목적이 아니다
나는 나 다음의 가능성이다
가늠할 수 없는 무한함이다

선을 넘자

선을 넘자

선을 넘는 것은
옳고 그름이 아니다

이 편에서 저 편으로
더 나은 다음을 향한
움직임이다

경계에 선 두 발
깨달음으로 힘을 주고

이제 선을 넘자

기도

나눔을 자랑치말며
베풂은 잊게하시고
비움에 만족함으로
채움은 과하지않게

허나

사랑은 무한함으로
살게하소서

나로 살기 위해

변함없이
변화하라

홀로서기

나는 누구인가 생각할 때
나는 온전히 혼자가 되었다

나 같은 놈은 나 밖에 없다
나는 나처럼 살다 가야한다

비교와 순위
고만고만한 것들로부터 해방

기준은 맞추는 것이 아니라
세우는 것이다
자유는 얻는 것이 아니라
누리는 것이다
한계는 넘는 것이 아니라
없는 것이다

나는 누구인가 생각할 때
나는 중력을 거슬러 간다
나와 무한의 우주로 간다

홀로 독
설 립
만세

승
화

미련의 무덤 위로
무성한 풀이 자란다

언젠가
해가 진 건지 뜬 건지 모르는
붉고 푸르스름한 그때
목놓아 서럽게 울었던
내 눈물 먹었나 보다

아니면 이토록 마른 땅에
그리도 무성히 자랄 수는 없으니
돌이켜보면
그가 푸를 때 나는 없었고
그가 노을 질 때 나는 푸르렀다

하지만 난 아직 노을 지지 않았는데
그가 없다

누구는 별이 되었다고
누구는 먼 훗날 만난다고
또 누구는 내 안에 살아있다고

여전히 작은 물줄기 지나가는 제곡교 옆
제 손으로 지으신 그 엉성한 집에서
무심한 듯 반겨 맞아주실 것 같은데

보고싶은 마음 감추고
터지는 울음 삼켜도
미련이 배어나온다

하지만 이제는 안다
언젠가 내가 그에게로 갈 때
그가 나를 한 번 안아주면
그걸로 족함을

* 2020년 8월 3일 먼저 하늘로 돌아가신 아버지에게